AF185132

Hersteller / Manufacturer (GPSR)
Storylution GmbH, Biberstraße 5, 1010 Vienna, Austria
E-Mail: story.one@story.one

Yvonne Rinnhofer

# Die Schlange im Schatten der Kriegerin

story.one – Life is a story

 story.one

1st edition 2023
© Yvonne Rinnhofer

Production, design and conception:
story.one publishing - www.story.one
A brand of Storylution GmbH

Font set from Minion Pro, Lato and Merriweather.

© Cover photo: Designed by Freepik

© Photos: Designed by Freepik

ISBN: 978-3-7108-2705-1

# Triggerwarnung

In diesem Buch geht es um Erlebnisse, die aus Sicht einer Sozialphobikerin beschrieben werden.
Solltest du mit einer sozialen Phobie kämpfen, könnte dieses Buch keine leichte Lektüre für dich sein.

Wenn du dringend Hilfe benötigst, wende dich an die psychische Notaufnahme, oder die Telefonseelsorge.

# Hinweis

Die Handlungen sowie alle handelnden Personen sind frei erfunden.
Ähnlichkeiten mit lebenden oder realen Personen sind rein zufällig und nicht beabsichtigt.

# INHALT

# Wie ich ein Erdbeben abgewendet habe

Mein Name ist Alexandra und ich habe keinen Spitznamen.

Obwohl es echt easy wäre. Natürlich habe ich Freunde und Familie, so ist es nicht, aber irgendwie kenne ich niemanden und niemand kennt mich. Nein, ich bin nicht neu hergezogen. Nein, ich verstecke mich auch nicht zu Hause, im Gegenteil. Der Schulausflug, ich bin dabei. Das Schulfest, ich bin dabei. Die Schulaufführung, ich bin dabei ... aber eben nur dabei. Scheinbar reicht das nicht, ich bleibe trotzdem unsichtbar, stehe all alone in einer Gruppe. Vielleicht bin ich ein Geist, oder von einem fremden Planeten. Mein Kopf ist nämlich echt weird. Letztens habe ich Watte in ein kleines Stoffkätzchen gestopft. Immer mehr Watte. Noch mehr. Es hat kein Ende genommen. Das Kätzchen ist mein Kopf, die Watte meine Gedanken. Was wohl passiert, wenn er zu voll wird? BAM?

Ich beobachte, wie Herr Lange, mein Bio-Lehrer, seinen Finger in die Folie auf dem Overhead-Projektor bohrt. "Was ist das?" Sein Grinsen wird von der Welle an durcheinander brüllenden Stimmen und Gelächter fortgeschwemmt.

"Scheiße!", "Penis!", "Ihr Finger!". Meine Klassenkameraden stehen nicht so drauf, sich zu melden. Mein Körper zieht sich vor Unbehagen zusammen. Meine Ohren geben mir schmerzhaft zu verstehen, dass sie kein Fan dieser Geräuschkulisse sind. Uncool. Wieso müssen die so rumbrüllen? Ich check's nicht. Und dann feiern sie sich, obwohl sie gar nicht funny sind. Please, just stop. Unauffällig versuche ich zumindest ein Ohr zu schützen, indem ich meinen Kopf mit einer Hand stütze.

Gleichzeitig überflutet mich die Angst: Was, wenn ich drankomme? Ich kenne die Antwort. Soll ich mich melden? Für die mündliche Note? Aber dann machen sich alle über meine leise Stimme lustig. Was, wenn die Antwort doch falsch ist? Und wenn ich nicht laut genug spreche, muss ich es nochmal sagen. Dann lachen alle und äffen mich nach.

Das an die Wand projizierte Bild taucht eine quadratische Fläche in bunte Farben. Darunter auch ein dunkles Rot. Mein Körper pumpt inzwischen so viel Blut in meinen Kopf, dass er sicher diesen Farbton angenommen hat. Meine Hände sind eiskalt. Mein Herz klopft wie verrückt. Mein rechtes Bein wackelt nervös auf und ab. Ein Erdbeben bahnt sich an. Es will sich Platz verschaffen und aus meinem Kopf hinaus in das Klassenzimmer. Aber eine unsichtbare Mauer, genau zwischen meinem Sein und der Wirklichkeit, schluckt den Tsunami intelligenter Antworten. Äußerlich wahrt mein Gesicht ein Pokerface. Das macht es automatisch. "Alexandra!" Herr Langes Stimme schießt wie ein Pfeil in meinen Hals. Die Klasse verstummt und schaut mich erwartungsvoll an. Die Gedanken verpuffen, mein Körper bleibt angespannt. Mein Herz böllert noch lauter, die Luft wird dünner. "Flechten?" kommt es murmelnd aus meinem Kartenspielgesicht. "Flechten?", äfft mich jemand nach, die anderen kichern. "Genau!" Unbeirrt führt Herr Lange seinen Unterricht fort. Mein Herz pocht noch eine Weile nach. Das Shirt, das ich anhabe, will ich am liebsten wechseln. Es ist schwitzig.

Das war anstrengend.

Darf ich vorstellen: mein ==Gedankengefängnis==. Das hier ist nicht die Geschichte, wie ich für immer aus dieser Festung ausgebrochen bin. Ich bezweifle, dass ich sie jemals erzählen kann. Nein, das hier ist die Geschichte der magischen ==36== Quadratmeter, die ich gefunden habe. Auf dieser Fläche bin ich vorübergehend frei.

Unglaublich aber wahr, das Klassenzimmer ist es nicht.

Mein Zimmer zu Hause? Könnte man meinen. Aber nein, auch das ist eine andere Geschichte.

Bevor sich das Ratespiel ins Unendliche zieht, habe ich eine gute und eine schlechte Nachricht. Die gute: Ich werde es dir verraten. Die schlechte: Jetzt noch nie ni n̶

... Stift gewechselt. Ist ja okay, du brauchst nicht gleich mein Schreibutensil zu zerstören. Wir hatten vielleicht einen ungünstigen Start. Ich habe dich direkt mit einer Story bombardiert, aber hey, immerhin habe ich mich vorgestellt. Ja, so viel Etikette muss sein – selbst in einem Tagebuch. Deine Vorgänger sind schon vollgeschrieben und DU bist der Nächste muwahahaha! Keine Sorge, ich bin kein Villain, denn dann hätte ich die ganzen Probleme nicht ... wait a moment.

Durch meine Mauer kann ich all das, was ich zu erzählen habe, mit niemandem teilen. Immer wenn ich es versuche, bildet sich ein Kloß in meinem Hals, der meine Worte verschluckt. Also bist du jetzt meiner ungefilterten Gedankengrütze ausgeliefert. Mein Beileid. Aber du bist ein Tagebuch, du kannst das ab, da bin ich mir sicher. Und falls doch nicht, sag Bescheid. Ich werde nur ein bisschen rumkreischen, wenn hier plötzlich wie von Geisterhand Text erscheint. 3, 2, 1, okay, du hattest deine Chance.

Habe ich gerade tatsächlich eine imaginäre Unterhaltung mit einem Tagebuch? Mir ist wohl echt nicht mehr zu helfen. Aber gut, weiter im Text.

Ich bin Alex (Ha! In meinem Tagebuch darf ich doch wohl einen Spitznamen haben!) und ich habe ein Problem. Hi Alex. Hallo Tagi (Ja, du kriegst auch einen.).

Es ist eigentlich ein exorbitanter Problem-Ballon!

Und ich habe Angst.

Nicht vor Horrorfilmen, Höhen oder Horden wilder Tiere (BAM! Alliteration, Frau Lambert wäre stolz!).

Sondern vor Menschen.

Tja, scheiße, ne?

# Wie ich ein Buch wahnsinnig gemacht habe

Darf ich vorstellen: mein Gedankengefängnis. Das hier ist nicht die Geschichte, wie ich für immer aus dieser Festung ausgebrochen bin. Ich bezweifle, dass ich sie jemals erzählen kann. Nein, das hier ist die Geschichte der magischen 36 Quadratmeter, die ich gefunden habe. Auf dieser Fläche bin ich vorübergehend frei.

Unglaublich aber wahr, das Klassenzimmer ist es nicht.

Mein Zimmer zu Hause? Könnte man meinen. Aber nein, auch das ist eine andere Geschichte.

Bevor sich das Ratespiel ins Unendliche zieht, habe ich eine gute und eine schlechte Nachricht. Die gute: Ich werde es dir verraten. Die schlechte: Jetzt noch nic ni N

… Stift gewechselt. Ist ja okay, du brauchst nicht gleich mein Schreibutensil zu zerstören.

Wir hatten vielleicht einen ungünstigen Start. Ich habe dich direkt mit einer Story bombardiert, aber hey, immerhin habe ich mich vorgestellt. Ja, so viel Etikette muss sein - selbst in einem Tagebuch. Deine Vorgänger sind schon vollgeschrieben und DU bist der Nächste mwahahaha! Keine Sorge, ich bin kein Villain, denn dann hätte ich die ganzen Probleme nicht ... wait a moment.

Durch meine Mauer kann ich all das, was ich zu erzählen habe, mit niemandem teilen. Immer wenn ich es versuche, bildet sich ein Kloß in meinem Hals, der meine Worte verschluckt. Also bist du jetzt meiner ungefilterten Gedankengrütze ausgeliefert. Mein Beileid. Aber du bist ein Tagebuch, du kannst das ab, da bin ich mir sicher. Und falls doch nicht, sag Bescheid. Ich werde nur ein bisschen rumkreischen, wenn hier plötzlich wie von Geisterhand Text erscheint. 3, 2, 1, okay, du hattest deine Chance.

Habe ich gerade tatsächlich eine imaginäre Unterhaltung mit einem Tagebuch? Mir ist wohl echt nicht mehr zu helfen. Aber gut, weiter im Text.

Ich bin Alex (Ha! In meinem Tagebuch darf ich doch wohl einen Spitznahmen haben!) und ich habe ein Problem. Hi Alex. Hallo Tagi (Ja, du kriegst auch einen.).

Es ist eigentlich ein exorbitanter Problem-Ballon!

Und ich habe Angst.

Nicht vor Horrorfilmen, Höhen oder Horden wilder Tiere; (BAM! Alliteration, Frau Lambert wäre stolz!)

Sondern vor Menschen.

Tja, scheiße, ne?

Oi-Zuki-Jōdan

Oi-Zuki-Chūdan

# Wie ich einen Social-Escape-Room versaut habe

Umkleiden sind schrecklich. Ich meine, Umkleiden! For real! Wer hat sich sowas ausgedacht? Ein Zimmer, in dem sich Leute umziehen und gezwungen sind, miteinander zu reden, damit man sich nicht awkward fühlt. Um diese Szenerie zu vermeiden, komme ich meistens entweder viel zu früh oder kurz vor knapp ins Training. Oder ich ziehe meinen Karate-Gi schon zu Hause an, um mit dem Fahrrad an gaffenden Leuten vorbeizuzischen. Alter, noch nie ein Mädchen in 'nem Kampfanzug gesehen?

Aber manchmal komme ich nicht drumrum; komme zur Rush Hour der Klamotten-Wechsel-Zeremonie. Überlege, ob ich was Spannendes zu erzählen habe. Ich finde nicht. Ich bin lame, gehe nicht auf angesagte Partys und habe die Blue Glow Bar mit ihren krassen Drinks noch nie von innen gesehen. Gesoffen hab ich auch noch nie. Und ganz bestimmt gehe ich nicht tanzen. Uärgh! Ja, ja, selber Schuld, ich weiß. Ich halte kurz inne, bevor ich mich ins Abenteuer "miefiger Social-Escape-Room" stürze. Ja, auch Mädchenumkleiden können stinken - grotesk!

Vielleicht sind heute nicht so viele da. Es ist mega heiß draußen. Doch ich höre Stimmen. Mein Herz schlägt schneller und mein Kopf denkt fieberhaft darüber nach, was für ein "Hallo" er gleich benutzen soll. Cool? Klar. Selbstbewusst? Als ob ich das könnte, aber let's pretend. Nett? Always. Vor der Tür suche ich mir ein Lächeln aus.

Bunte Röcke und Kleider schreien mich in ihren grellen Farben an als ich ins Zimmer trete. Und dann bin da ich, mit der kurzen Hose meines Bruders, die ich mir ausgeliehen habe (wovon er nichts weiß) und einem überdimensionalen blauen T-Shirt.

"Hallo", murmle ich. Es ist nicht das "Hallo", das ich zuvor mit meinem Kopf abgemacht habe. Aber die Anwesenden hören mich sowieso nicht, weil sie lauthals von Marty, einem der Blaugurte, schwärmen. Well, mein Typ ist er nicht.

Niemand scheint mich bemerkt zu haben. Als wäre ich ein Geist. Tränen schießen in mein Gehirn. Ja, richtig, in mein Gehirn, weil ich sie nicht über meine Augen rauslassen will. Ich schlucke den ekelhaften Kloß hinunter, der in meinem Hals steckt. Mit gesenktem Kopf suche ich einen freien Platz. Schließlich landet meine Sporttasche neben Mels. Ihre Besitzerin checkt gerade ihr Make-up in einem Minispiegel. "Hey." Mel scheint eher meine Tasche gehört zu haben, als meine Stimme. Sie lächelt mich an. Sofort bricht Panik in meinem Körper aus. Muss ich jetzt Small Talk machen? Was zur Hölle soll ich sagen?

"Mega heiß heute, oder? Hab so kein Bock auf Training", meckert Mel in mein Gesicht. Was sie nicht weiß: Ich habe immer Bock auf Training. Aber ich nicke. "Jep." Jep? Und jetzt? Nächstes Thema? Damn, I don't know! Warum ist das so schwer? Ich bin so ein Freak! I hate this! Mel bricht die unangenehme Stille zwischen uns mit einem "Bis gleich" und verschwindet.

Das war anstrengend. Und obviously sind das hier sind nicht die magischen 36 Quadratmeter.

Anfersen

Grätsche

Grätsche links

# Wie ich einen Vulkanausbruch verhindert habe

Warum ich immer Bock auf Training habe? Weil ich ein Streber bin. Das denken wohl die Meisten. Nichts gegen Streber, tatsächlich wäre ich gerne einer. Aber yo, das bin ich nicht. Der Grund-

"Alexandra, Aufwärmtraining!" Shit. Mein Körper schiebt Panik - mal wieder. Von einer Sekunde auf die andere fühlt er sich so an, als wäre er eine Viertelstunde in die Zukunft gereist. Lara, unsere Trainerin, wirft mir ein "Zack, zack" entgegen, doch meine Beine haben sich schon längst selbstständig gemacht. Die Chemie macht kurz ihr Ding: irgendwas mit Dopaminen, Endorphinen oder Delphinen. Es müssen Delphine sein so schnell wie sie wieder weggeschwommen sind. Alle laufen mir nach, während mein Mund aus dem Tornado an Aufwärmübungen in meinem Kopf eine zu fassen bekommt: "Anfersen!"

Meine Stimme ist es nicht gewohnt, aufzudrehen und hat fast einen hysterischen Sound. Kann ich auch mal nicht komplett embarrassing sein? Frage für einen Freund.

Aber wir waren beim Grund. Warum hat die weirde Alexandra (jetzt rede ich schon in der dritten Person von mir, I have to be crazy!) selbst Bock auf Training, wenn der Hallenboden schon abfärbt, weil er schmilzt? Der Grund ist nicht, dass das hier die gesuchten magischen 36 Quadratmeter sind, sondern-

"Kannst gleich noch das Dehnen übernehmen!" Alter! Wieder rollt der Panikzug über mich. Wieso schon wieder ich? Ich will doch einfach nur im Schatten der Gruppe bleiben.

"In die Grätsche gehen", piepst meine Stimme lauter als gedacht, weil die Geräuschkulisse plötzlich der eines verdammten Friedhofs gleicht.

Jemand kichert.

Lacht der mich aus? Awas, er hat sicher nur wieder random crap mit seinem Kumpel gelabert. Oder?

Mein Herz macht einen kurzen Aussetzer, um mich dann mit Magma zu fluten. Aber ich breche nicht aus, dränge das viskose Element mit 120 % meiner Willenskraft zurück. Vor Anstrengung füllen sich meine Augen mit Tränen. Also baue ich einen Staudamm und schließe die Schotten. Kostenfaktor: +80 % Willenskraft.

"Und absetzen. Zur linken Seite", sagt mein Pokerface.

Gerade rechtzeitig. Während ich meine eigene Anweisung umsetze, lasse ich meinen Kopf zwischen meine Arme auf mein Knie sinken. 200 % Willenskraft haben nur knapp gereicht. Eine einzelne Träne verlässt den Staudamm und versickert in meinem Gi.

Wenn ein Lachen fast eine Naturkatastrophe auslöst.

Gedan-Barai

Yoi

# Wie ich einem unsichtbaren Gegner unterlag

Wir stehen alle nebeneinander in einer Reihe. Den Blick theoretisch auf Lara gerichtet, praktisch Witze reißend auf einen oder mehreren Karateka. Und ich? Ich stiere auf Lara, als würde mein Leben davon abhängen. Nein, man, ich bin leider immer noch kein Streber. Ich gehe nur den Weg des geringsten Widerstands. Das ist safe. Obviously nicht besonders abenteuerlich. Aber in meinem Kopf ist sowieso immer Tohuwabohu en masse.

"Musubi Dachi! Rei! Yoi!" Laras Befehle ersticken jegliches Gequatsche wie ein Desonator. Get it? Nicht Resonator, nicht Deluminator. Badumm tss.

"Links vor mit Gedan Barai, Kamaete!"

32 Füße erschüttern die Halle. 16 hörbare Ausatmer vereinen sich zu einer Klangwelle, die an den Wänden abprallt. Von einer Sekunde auf die andere ist aus einem wilden Haufen eine

Einheit geworden - und ich bin Teil davon. In diesen Momenten gehöre ich tatsächlich dazu. Wir sind eine Masse an Partikeln, die miteinander mal mehr und mal weniger resonieren. Zugegeben, das klingt magisch, aber die gesuchten 36 Quadratmeter sind hier trotzdem nicht.

Alle Augenpaare fixieren einen unsichtbaren Gegner direkt vor ihnen. Vor mir materialisiert sich der Nachäffer. Ja, genau, der aus dem ersten Kapitel. Gut aufgepasst! (Erwischt.)

"Vorwärts mit Oi-Zuki-Jōdan ... " Mein Körper ist angespannt; wartet auf das Ende von Laras Kunstpause.

" ... ichi!" (Jep, sie zählt am Liebsten auf japanisch. Ich würde bei dem Versuch wahrscheinlich einen Blackout bekommen.) Für ein paar Millisekunden löst sich die Spannung. Mein hinteres Bein gibt alles, um mich einen Schritt nach vorne zu katapultieren. Zusammen mit dem Schlag direkt ins Gesicht des Nachäffers und der kraftvollen Ausatmung (Lara nennt es "Kime". Ich nenne es BAM!) verwandle ich mich in eine Statue.

Der Nachäffer grinst mich unbeeindruckt an. Ausgewichen. Als Phantasie-Gebilde kann er natürlich cheaten. Das macht mich wütend.

"Ni!" Ein weiterer Schritt, ein weiterer Schlag.

"San!"

Schneller.

"Shi!"

Härter.

"GOOOO!"

Alle schreien. Nein, nicht weil ich den imaginären Nachäffer erwischt hätte, sondern aus Gewohnheit. Laras Trommelfell erhält die erwarteten Kampfschreie auch ohne den "Kiai"-Befehl.

"Woah! So aggressiv! Was hab ich dir denn getan?" Ich blinzle. Der Nachäffer ist entkommen. Seinen Platz nimmt ein Junge aus Fleisch und Blut ein, der mich belustigt beäugt.

# Wie ich ein Musical ruiniert habe

DRINNEN - TRAININGSHALLE - SPÄT-NACHMITTAG

Schnelle Kamerafahrt durch die trainierenden Karateka - Schlägen und Tritten ausweichend. Ein Klavier baut das Intro auf. Scheinwerfer auf Alexandra.

ALEXANDRA (singend)

TAG FÜR TAG STRENG ICH MICH AN, SCHLAGE SCHLACHTEN DANN UND WANN.

GEGEN DEN KOPF BESTEH' ICH NICHT, FRAG MICH WANN ER MEIN SEIN ZER-BRICHT.

Scheinwerferlicht wird schwächer. In der Halle wird es immer dunkler.

Die Kamera fokussiert die geschlossene Hallentür, die plötzlich von einem hellen Schimmer umrahmt wird und sich nach innen bäumt. Mit einem bombastischen Orchester-Opener springt die Tür auf. Die Halle wird in Licht, Glitzer und Rosenblätter getaucht. Die Blicke aller sind auf die Tür gerichtet. Die Silhouette der reinkommenden Person verwandelt sich in einen Märchenprinzen.

ALLE KARATEKA (Karate-Tanzchoreo)

SUCHE DAS LICHT IN DEINER WELT! GIB NICHT AUF, HIER KOMMT DEIN HELD!

NIMM DIE ROSE IN DEINE HAND! SCHLAG IHN NICHT WIEDER AN DIE WAND!

Close-up des lächelnden Märchenprinzens. Eine Bauchbinde aus Rosen wächst am unteren Bildschirmrand, in der sein Name von links nach rechts kalligraphisch eingeblendet wird: "Linus".

LINUS (Taekwondo-Tanzchoreo)

OH, ENGEL DER FAUST, JEDE TECHNIK BEDACHT, LASS MICH DICH RETTEN AUS DEINER SCHLACHT!

Alexandra führt einige Karate-Techniken aus, bis ihre Faust vor Linus' Gesicht stoppt. Close-up von Linus.

LINUS (belustigt)

SO AGGRESSIV! WAS HAB ICH DIR GETAN? JETZT KOMMT DER KUSS WIE IM LIEBESROMAN!

Close-up von Alexandra. Alle warten darauf, dass sie den Song gemeinsam mit Linus beendet.

LINUS (wiederholt)

… JETZT KOMMT-

"Jetzt kommt mein Tritt, Achtung dein Zahn!" Alexandra führt einen Mawashi-Geri aus und zielt auf Linus' Kopf.

"Alexandra!", brüllt Lara.

Hey, Tagi.

Kennst du das? Wenn der Sarkasmus immer am Start ist, weil er denkt, er wäre der größte Checker? Und in der nächsten Sekunde denkt man sich einfach nur: uff, wieder was für die Top 10 der Most Embarrassing Moments Of My Life. ¨⌣

Das ist nur eine Zutat, des überflüssigsten Zaubertranks des Universums. Kombiniere sie mit der allgegenwärtigen Angst vor sozialen Interaktionen und geize nicht mit den Tränen eines schüchternen Teenies und du erhältst einen einzigartigen aber bitter-süßen Cocktail, den niemand freiwillig bestellt.

Ja, die Musical-Handlung hat tatsächlich stattgefunden - nur nicht als Musical. Ja, Linus ist natürlich nichts passiert. Hallo, er macht Taekwondo! Aber selbst wenn er nicht ausgewichen wäre - als ob ich ihm je wehtun könnte. *würg* (Sorry, mein Sarkasmus hat gekotzt, nicht ich)

Ja, Linus ist "der Grund". Du willst doch nur, dass ich es ausspreche! Warum er im Karate-Training war, obwohl er eigentlich Taekwondo macht? Er ist Laras kleiner Bruder. Betonung auf Bruder, nicht auf klein. Er kommt nach seinem Training oft vorbei, um Lara zu ärgern und komischerweise mich - trotz meines Sarkasmus-Bodyguards. Und was soll ich sagen, ich finde ihn ... lustig. (Uff, w ich einfach der personifizierte Cringe bin.) ☹

Treten Sie näher, meine Damen und Herren, (aber nicht zu nah, bitte) hier sehen Sie ein Exemplar eines Teenie-Mädchens, das noch nie einen Freund hatte, während alle um es herum gefühlt schon 20 hatten. Ich weiß, das ist kein Wettrennen und ich bin auch nicht der Typ, der in der Stadt auf Six-Packs oder Booties starrt. Ich bin eine Träumerin. Die Realität ist ein gnadenloses Ungetüm das nur darauf wartet, dass ich mich zu weit hinauswage, um mich dann genüsslich in Grund und Boden zu stampfen. Ich habe Angst, zu versagen, ... ausgelacht zu werden, ... abgelehnt zu werden und mich dann nie mehr aus dem Haus zu trauen. Also luge ich nur ab und zu für eine Millisekunde aus meinem inneren Rapunzelturm, in den ich irgendwie hineingeraten bin. Auf Ewigkeit verdammt. What a pity. Aber Linus ist nicht der einzige Grund, warum ich immer Bock auf Training habe. (Hallo, Emanzipation!) Es gibt noch ein anderes Märche Es heißt, die magischen 36 Quadratmeter. Die Kurzversion dieses Märchens find sich leider nur in manchen Trainingseinheiten - und wird nur Transferleistende gewahr werden. (Hallo, Frau Lambert!)

In der ausführlichen Version leben alle glücklich und frei bis ans Ende ihrer Zeit.

# Wie ich in einem Märchen gelandet bin

Hey, Tagi.

Kennst du das? Wenn der Sarkasmus immer am Start ist, weil er denkt, er wäre der größte Checker? Und in der nächsten Sekunde denkt man sich einfach nur: uff, wieder was für die Top 10 der Most Embarrassing Moments Of My Life.

Das ist nur eine Zutat, des überflüssigsten Zaubertranks des Universums. Kombiniere sie mit der allgegenwärtigen Angst vor sozialen Interaktionen und geize nicht mit den Tränen eines schüchternen Teenies und du erhältst einen einzigartigen aber bitter-süßen Cocktail, den niemand freiwillig bestellt.

Ja, die Musical-Handlung hat tatsächlich stattgefunden - nur nicht als Musical.

Ja, Linus ist natürlich nichts passiert. Hallo, er macht Taekwondo! Aber selbst wenn er nicht ausgewichen wäre - als ob ich ihm je wehtun könnte. *würg* (Sorry, mein Sarkasmus hat gekotzt, nicht ich)

Ja, Linus ist "der Grund". Du willst doch nur, dass ich es ausspreche! Warum er im Karate-Training war, obwohl er eigentlich Taekwondo macht? Er ist Laras kleiner Bruder. Betonung auf Bruder, nicht auf klein. Er kommt nach seinem Training oft vorbei, um Lara zu ärgern und komischerweise mich - trotz meines Sarkasmus-Bodyguards. Und was soll ich sagen, ich finde ihn … lustig. (Uff, wie ich einfach der personifizierte Cringe bin.)

Treten Sie näher, meine Damen und Herren, (aber nicht zu nah, bitte) hier sehen Sie ein Exemplar eines Teenie-Mädchens, das noch nie einen Freund hatte, während alle um es herum gefühlt schon 20 hatten. Ich weiß, das ist kein Wettrennen und ich bin auch nicht der Typ, der in der Stadt auf Six-Packs oder Booties starrt. Ich bin eine Träumerin. Die Realität ist ein gnadenloses Ungetüm, das nur darauf wartet, dass ich mich zu weit hinauswage, um mich dann genüsslich in Grund und Boden zu stampfen. Ich habe Angst, zu versagen, … ausgelacht zu werden, … abgelehnt zu werden und mich dann nie mehr aus dem Haus zu trauen. Also luge ich nur ab und zu für eine Millisekunde aus meinem inneren Rapunzelturm, in den ich irgendwie hineingeraten bin. Auf Ewigkeit verdammt. What a pity.

Aber Linus ist nicht der einzige Grund, warum ich immer Bock auf Training habe. (Hallo, Emanzipation!) Es gibt noch ein anderes Märchen. Es heißt, die magischen 36 Quadratmeter. Die Kurzversion dieses Märchens findet sich leider nur in manchen Trainingseinheiten - und wird nur Transferleistenden gewahr werden. (Hallo, Frau Lambert!)

In der ausführlichen Version leben alle glücklich und frei bis ans Ende ihrer Zeit.

Kamae

# Wie ich 3 Tage ohne Luft
# überlebt habe

Apropos Sarkasmus-Bodyguard: Momentan schlage ich mich nicht nur mit dem rum, sondern auch mit Mister Angst und Fräulein Misstrauen. Irgendwie hat Lara es geschafft, mich zu überreden, auf ein Zeltlager mit zwei weiteren Karate-Vereinen zu gehen. Noch nie habe ich mich mehr nach meinem Zimmer zu Hause gesehnt.

Klar, wir trainieren hier viel, was mich das ganze irgendwie überleben lässt. Aber in der restlichen Zeit finden gemeinsame Aktivitäten statt: Spiele, Lagerfeuer.

Alle haben Spaß. Und dann bin da ich. Ich konzentriere meine gesamte Kraft darauf, nicht in Tränen auszubrechen, weil mein Kopf mit Fragen überfordert ist, auf die er keine Antwort findet: Wie laut soll ich "Guten Morgen" sagen? (Bisher bin ich einfach immer die erste beim Frühstück. Das macht es einfacher, weil ich nur in etwa der gleichen Lautstärke antworten muss.)

Zu wem soll ich mich hinhocken? (Zu Sabrina? Ich glaube, sie findet mich strange. Ich will sie nicht annoyen. Zu Mel? Was ist, wenn sie kein Bock auf mich hat, es aber nicht sagt? Also setze ich mich alleine in eine Ecke und jeder denkt wahrscheinlich, ich würde alle disliken - obwohl ich nur eine Scheißangst habe.)

Worüber soll ich reden? (Mein Kopf macht sich jeden morgen eine Checkliste an Small-Talk-Themen: das gestrige/nächste Training, die Prüfungs-Kata, das anstehende Turnier, … scheinbar habe ich keine normalen Themen.) Was ist, wenn ich plötzlich komplett lost bin?

"Die coolen" Leute spielen abends Flaschendrehen. Ich traue mich nicht zu fragen, ob ich mitmachen darf. Es würde mich sowieso überfordern. Nicht weil die Regeln kompliziert sind, sondern weil alles andere für mich kompliziert ist.

Ob die anderen mich weird finden? Bin ich weird? Ich wünschte, ich wäre es nicht. Irgendwie vibe ich mit niemandem. I mean, I try hard. Really. Aber ständig laufe ich gegen diese unsichtbare Mauer, wie eine Fliege, die immer wieder versucht, sich durch das geschlossene Fenster zu rammen.

Jeder Augenblick außerhalb des Trainings fühlt sich an, als würde die dreifache Schwerkraft mich erdrücken, mir die Luft zum Atmen nehmen.

Nach 3 Tagen war es vorbei.

Das war über alle Maßen anstrengend. Von den 36 magischen Quadratmetern nur ein Spürchen.

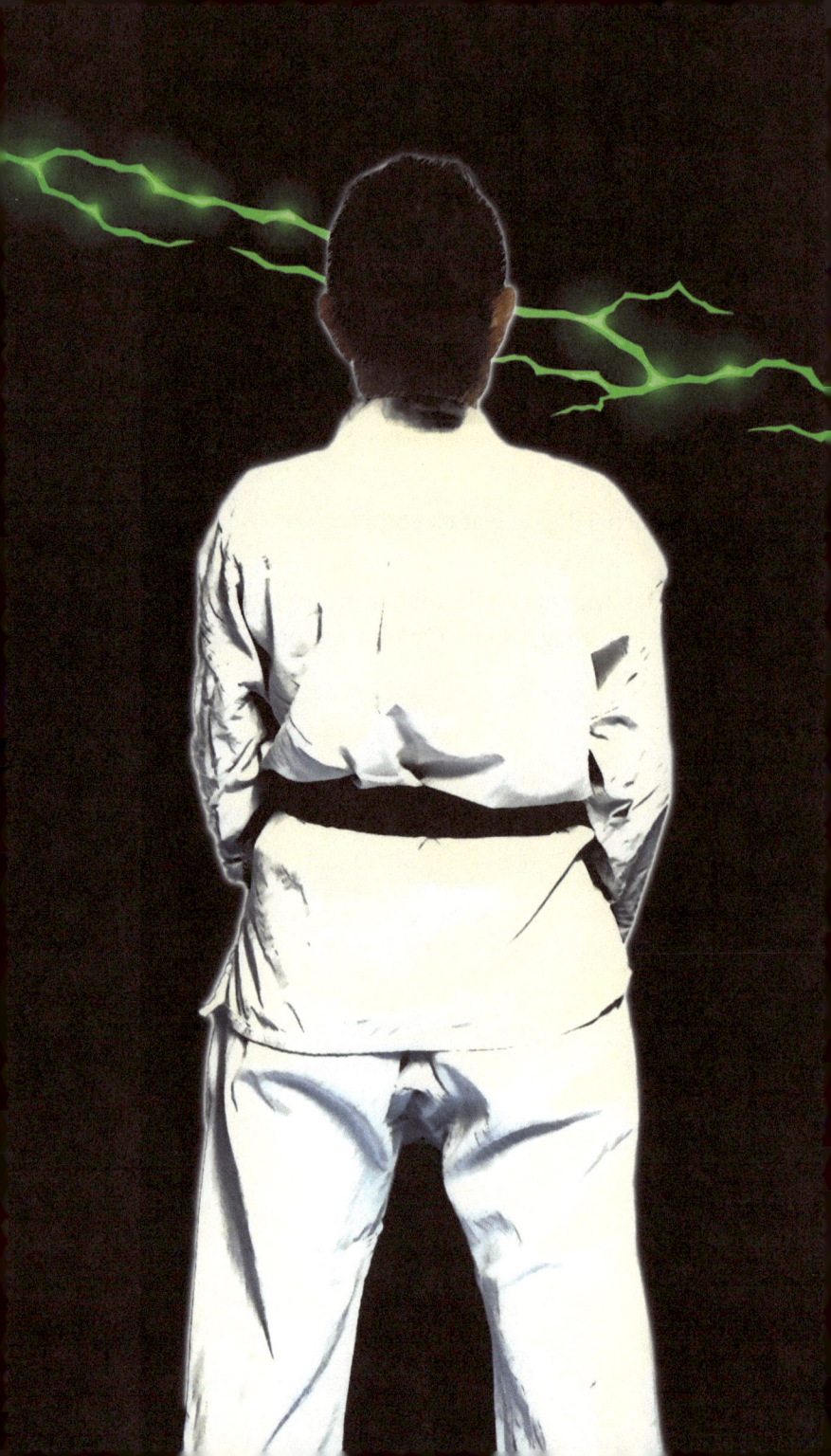

# Wie ich einen Stromschlag ausgehalten habe

"Au!" Es gibt immer diesen einen Pullover: man weiß, dass er einen statisch auflädt. Aber erinnert man sich daran? Erst, wenn es passiert ist. Outfitwechsel? Ne, Bruder muss los!

Heute habe ich mich entschieden, kurz vor knapp loszurennen, denn der Social-Escape-Room ist diesmal ein Anderer: Wettkampftag. Austragungsort: weit, weit weg. Abfahrtszeit: verdammt früh. Fortbewegungsmittel: Per Fahrgemeinschaft - jep, that's one problem.

"Sind alle da?" Laras Blick schweift prüfend in die Runde.

"Alexandra fehlt noch", kommt es aus Mels Kaugummi-kauenden Mund. Wie vom Blitz getroffen stehe ich da, als mein Name fällt. Ich bin doch hier. Mein Herz hämmert auf mich ein. Ich forme Worte, die meine unsichtbare Mauer fast gänzlich verschluckt: "Ich bin da." Niemand hört mich.

"Oh, du bist ja da", bemerkt Lara endlich.

"Morg'n", murmle ich aus meinem brodeln-den Lava-Körper und traue mich nicht, jemanden anzuschauen.

"Steht sie in der Ecke und sagt nichts." Lara schüttelt den Kopf. Ey, ich hab doch was gesagt! Es kam nur nicht raus … Wenn ich anders könnte, wäre ich doch anders! I mean, I hate how I am! Mein innerer Monk rastet aus … und verstummt als Laras Frage in die Menge schallt. "Wer braucht jetzt noch alles eine Fahr-gelegenheit?" Das Echo von sieben "Ich"-Rufen prallt von den in der Nähe stehenden Autos ab.

Während sich die Fahrgemeinschaft bildet, bringt meine Lava mich immer mehr zum Schwitzen. Ich brauche auch noch eine Mitfahr-gelegenheit! Aber ich komme nicht dazu, jemanden zu fragen, weil mein Kopf mich atta-ckiert: Wen soll ich fragen? Wer würde mich haben wollen? Was, wenn kein Platz mehr ist? Was, wenn ich einen Platz bekomme, den jemand anderes gerne hätte?

Panisch schaue ich zu, wie der Großteil der Gruppe in den Autos verschwindet.

"Was ist mit dir? Fährst du schon mit jemandem mit?" Nicos Mutter legt lächelnd ihre Hand auf meine Schulter. Als hätte jemand den Feueralarm betätigt, schreit mich jede Faser meines Körpers an: Berührung! Berührung! Berührung! Ich spüre, wie meine Zellen weglaufen wollen. Da sie es nicht können, verfallen sie einfach in einen Schock. Aggregatszustand: Diamant.

Immer wieder schießen Blitze von meiner Schulter in den Rest meines Körpers. Nur langsam kämpft sich ein Stimmchen durch den Ausnahmezustand: Das war eine Frage. Antworte!

Doch die unsichtbare Mauer lässt keine Worte zu. Also übernimmt ein Zucken meines Kopfes, das Nicos Mutter als "Nein" deutet.

"Na dann steig ein!"

Ihre Hand löst sich zusammen mit der Paralyse.

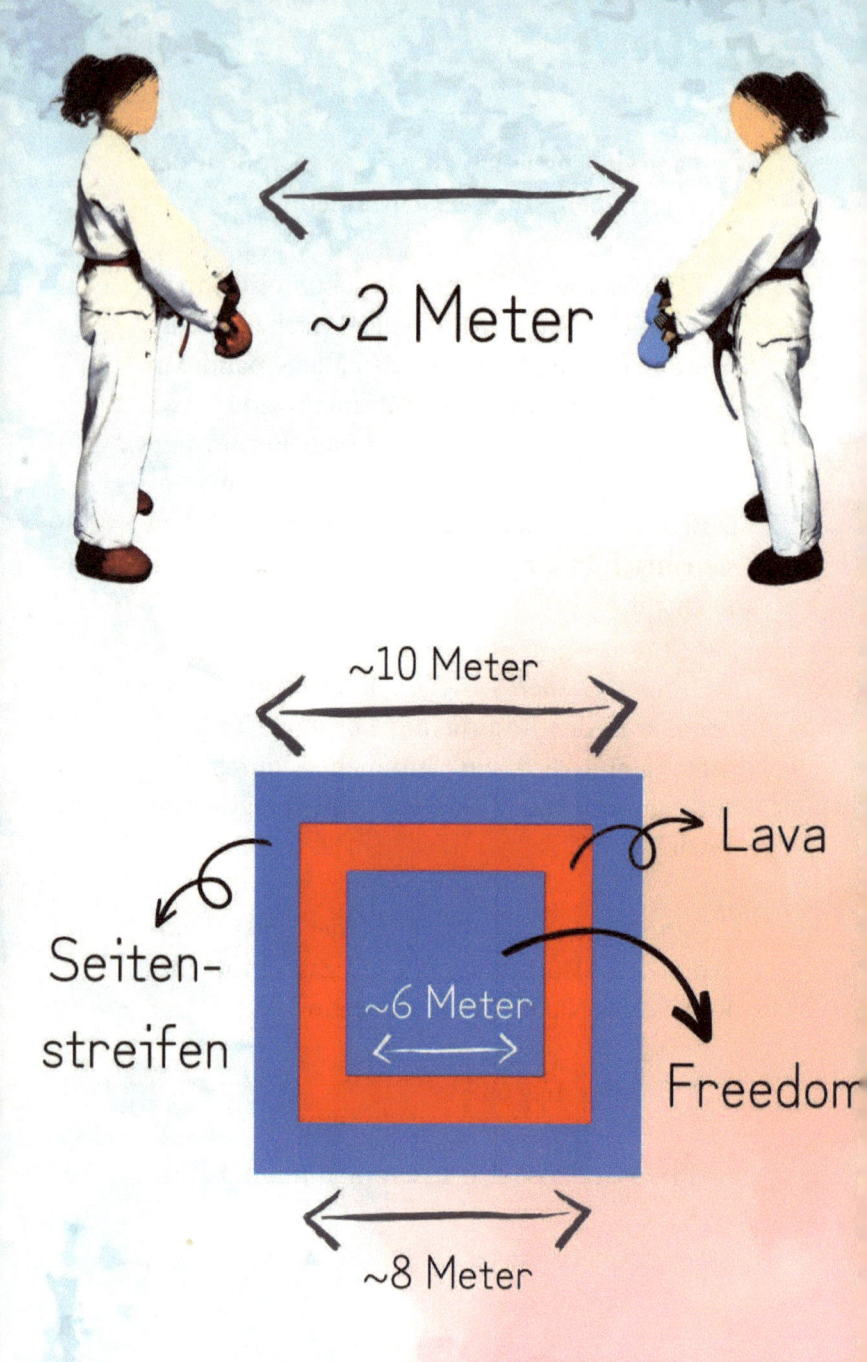

~2 Meter

~10 Meter

Lava

Seitenstreifen

~6 Meter

Freedom

~8 Meter

# Wie ich von einer Lawine überrollt worden bin

Sobald ich die Wettkampfhalle betrete, überrollt eine Lawine meine Sinne.

Sehen: Es gibt 6 Wettkampfflächen. Sie sind aus jeweils 6 x 6 Meter blauen Wettkampfmatten zusammengepuzzelt. Rote Matten umrahmen die Flächen. In der Fahrschule lernt man: Schraffierte Straßenmarkierungen sind Lava. Im Wettkampf sind das die roten Matten während eines Kampfes. Dann gibt es noch den Seitenstreifen auf der Autobahn. Seine Funktion ist allseits bekannt: Chill da nicht rum, außer du hast 'nen guten Grund. Im Wettkampf übernimmt den Job der äußerste blaue Mattenrand: Chill da nicht rum, außer du bist Betreuer eines gerade Kämpfenden - oder Kampfrichter (leicht zu erkennen an ihrem stylischen "Yo,-ich-hab-hier-das-Sagen-Outfit": schwarze Hose, weißes Hemd, Krawatte. Und wenn's mal einen Tacken offizieller sein soll, kommt der edle schwarze Blazer zum Einsatz.).

Nicht zu übersehen sind auch die Brückenoffiziere an den Wettkampftischen jeder Kampffläche. Ok, sie steuern kein Raumschiff und heißen auch nicht Brückenoffiziere, aber sie wissen ALLES über dich. Sie wissen, wer du bist, wie alt du bist und woher du kommst. Du weißt nicht mehr, wie viel du wiegst? Sie schon. (gruselig!) Außerdem sind sie die Herrscher über die Punktetafel.

Der Rest der Halle ist gefüllt mit sich aufwärmenden, andere analysierenden oder diskutierenden Gürtel-um-die-Hüfte-Tragenden und Gürtel-um-den-Hals-Tragenden. Die einen sind Kämpfer, die anderen Betreuer … oder beides. Verwirrend? Dann erwähne ich die Papierwand lieber nur kurz. Meistens sieht man sie zunächst nicht, weil JEDER davorsteht. Es ist eine Wand, die mit Din-A4-Papier zugepflastert ist, auf denen man dechiffrieren kann, wann, wo und gegen wen man kämpft.

Hören: Es ist laut. karateturnierlaut. Kampfrichter, die ihre Befehle brüllen und sie mit Trillerpfeiffen genüsslich unterstreichen. Betreuer, die ihren Schützlingen mehr oder weniger erfolgreich Tipps entgegenrufen. Karateka, die voller Elan Kampfschreie durch die Halle pfeffern. Und natürlich: das tobende Publikum. "Let's go, Tagi, Let's go!"

Riechen: Turnierluft ist einzigartig. Sie riecht nach Schulsport, dem Kunststoff der Matten, Deo, Schweiß und Stinkefüßen. Aber auch nach Brötchen, Kuchen und Kaffee - alles, was ein Sportler braucht …

Schmecken: Zu schmecken gibt es erst was, wenn man mal eine auf die Nase gekriegt hat. BAM! Ok, so brutal ist es nicht, schließlich kassiert man Verwarnungen, wenn man zu street-fighter-mäßig unterwegs ist - aber es passiert trotzdem ab und an.

Fühlen: Überwältigend. Aufregend. Beängstigend. Ach so, das andere Fühlen? Das ist wie im Schwimmbad: Barfuß durch die Halle zu laufen, ist zunächst etwas weird, weil man in einer fremden Hood ist. Man geht bis zum Beckenrand und taucht einen Fuß ins Wasser. Wie kalt ist es? Im Fall der Wettkampfhalle testen hier und da ein Paar Füße die Matten. Wie rutschig sind die Dinger?

# Kleines Wörterbuch

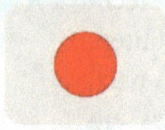 

| Aka | rot |
| Ao | blau |
| Ato shibaraku | noch 30 Sekunde |
| Geri | Tritt |
| Hajime | beginnen |
| Ichi, ni, san | eins, zwei, drei |
| Ippon, Nihon, Sanbon | 1, 2, 3 Punkt(e) |
| Jiyu-Kumite | Freikampf |
| ... no kachi | ... gewinnt |
| Tsuzukete | wieder |
| Yame | stopp |

# Wie ich aus dem Gefängnis entkommen bin

"… gegen Alexandra, blau", ruft eine Brückenoffizierin bestimmt. "Finale Begegnung." Lara klammert sich an den roten Gürtel, den sie um ihren Hals gelegt hat. "Auf geht's, das schaffst du!" Sie nickt mir angespannt zu und nimmt ihren Platz am Mattenrand ein. Mein Herz schlägt schneller.

Nicht aus Nervosität, … nicht, weil ich mich unbedingt prügeln will, … sondern weil sie zum greifen Nahe ist: die Freiheit. Natürlich will ich auch gewinnen. I mean, why not? Meine Gegnerin und ich geben uns die Faust - wir wollen einen fairen Kampf. Der Stromschlag bleibt aus.

Wir sehen uns in die Augen, während wir uns im Yōi gegenüberstehen. Kein Erdbeben, keine Lawine, kein Vulkanausbruch. Nur Mund-, Hand- und Fußschützer.

"Jiyu-Kumite", sagt der Kampfrichter, bevor er ein "Hajime!" herausbrüllt. Der Kampf beginnt, der Countdown läuft: 2 Minuten. Ich joine wie Alice im Wunderland einer anderen Welt, die Gegenteilwelt. Small-Talk? Nicht gern gesehen. Diskussionen? Erst recht nicht! Die unsichtbare Mauer? Verschwundibus.

Mein ganzes Sein ist auf meine Gegnerin fokussiert - I can finally breath. Meine Augen beobachten, mein Kopf trifft blitzschnelle Entscheidungen und mein Körper reagiert. Es gibt einen Sicherheitsabstand zwischen meiner Konkurrentin und mir. Plötzlich greift sie an. See, decide, react. Mein direkter Konter trifft, während mein Kampfschrei ungebremst (!) in die Halle katapultiert wird. BAM!

"Yame!" Der Kampfrichter unterbricht den Kampf. "Ao, Chūdan-Zuki, Ippon!" Sein Arm zeigt im 45-Grad-Winkel in meine Richtung. Die Brückenoffizierin schlägt die Punktetafel um - eine weiße 1 prangt auf blauem Hintergrund. "Tsuzukete, hajime!" Der Kampf geht weiter. Ich genieße die Leichtigkeit der Freiheit und probiere etwas aus. "Aka, Chūdan-Geri, Nihon!" Ups, 2:1. I don't care, Lara does. "Nicht spielen! Vorbereiten und Jōdan-Mawashi!"

Damn, das war mein Plan A! Jetzt kennt ihn meine Gegnerin. Well, Plan B, I guess. 2:4. Hab mich doch für Plan A entschieden.

Die Brückenoffizierin schlägt einmal auf den Minigong. "Ato shibaraku", sagt der Kampfrichter. Eine bittersüße Bemerkung. Mehr bitter als süß. Noch 30 Sekunden. Wenn der Punktestand so bleibt, gewinne ich. Süß. Wenn die Zeit um ist, bin ich wieder im Real Life. Gefangen hinter der unsichtbaren Mauer. Bitter. "Los, die kann nichts", brüllt der Betreuer meiner Gegnerin zu. What? How dare he! Ich bin etwas angepisst, aber entscheide mich, Ruhe zu bewahren.

Mit dem Gong unleasht meine Gegnerin ihre "Final Boss Form". Die Anzahl ihrer Angriffe wächst exponentiell - leider auf Kosten der Qualität. Das ist mein Lieblingsmoment, weil mein Kopf vor lauter decisions nicht zum Denken kommt. Süß.

Die 30 Sekunden sind um.

Gong, gong, gong, gong.

Bitter, bitter, bitter, bitter.

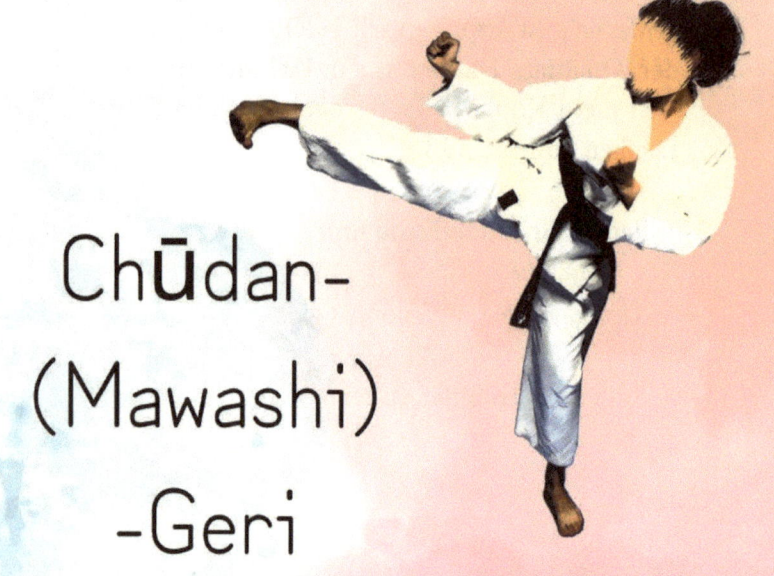

Jōdan-
(Mawashi)
-Geri

Chūdan-
(Mawashi)
-Geri

# Wie ich von der Schlange ge-bissen worden bin

"Ao no kachi!" Der Kampfrichter hebt seinen Arm schräg nach oben in meine Richtung. Ich verbeuge mich und halte meiner Gegnerin die Faust hin - sie lässt mich hängen und zischt ab.

Sofort kickt die Realität: Hasst sie mich jetzt? Soll ich zu ihr gehen und sie trösten? Das wäre weird oder? Ich habe zwar gewonnen, aber es tut mir Leid.

Lara jubelt mit dem Publikum.

Ich bin zwiegespalten. Lächle. Aber nicht zu sehr, damit meine Gegnerin mich nicht noch mehr hasst. Ihr Blick sticht in mein Herz und ich habe das Gefühl, gehörig verkackt zu haben. Eine unsichtbare Schlange wickelt sich um mich, sie ist unendlich lang und unnachgiebig.

Plötzlich umarmt Lara mich, um mir zu gratulieren.

Stromschlag.

Die Schlange hat zugebissen.

Jetzt stehe ich da, eingesperrt in meinem Wirbelsturm an Naturkatastrophen.

Der Zauber der 36 Quadratmeter ist vorbei.

Bitter.

Panik und Überforderung sind im Kokon meines Pokerfaces gefangen.

Süß.

"Die freut sich nicht mal richtig, was ist mit der falsch?", höre ich jemanden durch den Jubel zischen. Die Stimme ist leise, hallt aber ohrenbetäubend in meinem Kopf. Mein Mund wird zu einem breiten gruseligen Grinsen.

"Ey, wie die sich freut, voll eingebildet."

Update Gesichtsausdruck: neutral.

Alles ist falsch. Nichts ist richtig.

"Ich muss mal", sage ich zu Lara, die mir zum tausendsten Mal auf die Schulter klopft. "Alles klar, Champ", antwortet Linus. Wo kommt der jetzt her? Klar, er war die ganze Zeit auf der Tribüne, aber wann hat er sich neben Lara teleportiert?

LINUS (beginnt zu singen)

OH, ENGEL DER FAUST-

Ich kann das jetzt nicht. Ich flüchte auf die Toilette und weine. So sehen Sieger aus, I guess.

## YVONNE RINNHOFER

Yvonne Rinnhofer ist die Wortmagierin dieses Buches. 1989 in der Pfalz geboren, aber in Mannheim aufgewachsen, zog es sie zum Studium der Pergamentzauberei nach Konstanz - oder wie Nicht-Magier es nennen "Deutsche Literatur".
Danach fand sie ihre Berufung als Online-Redakteurin für Games und entdeckte später die technische Seite des Textens. Als Technische Redakteurin beschrieb sie Funktionen und Besonderheiten allerlei greifbarer und nicht-greifbarer Gerätschaften.
Inzwischen trägt sie als Voice Actress auch das gesprochene Wort auf den Schwingen ihrer Sprachmelodie in die Welt hinaus.

Loved this book?
Why not write your own at story.one?

Let's go!

Zeitfracht Medien GmbH
Ferdinand-Jühlke-Straße 7
99095 Erfurt, Deutschland
produktsicherheit@kolibri360.de